www.tredition.de

AF204220

Die Wolke

Hannah Niehaus / Michael Niehaus

Die Wolke

www.tredition.de

© 2020 Hannah Niehaus / Michael Niehaus
1. Auflage 2020

Autor*innen: Hannah Niehaus / Michael Niehaus
Umschlaggestaltung: Anna Santora
weitere Mitwirkende: Judith Niehaus, Monika Buchgeister

Verlag & Druck: tredition GmbH, Halenreie 40-44, 22359 Hamburg
ISBN: 978-3-347-20716-5

Bibliografische Information der Deutschen Nationalbibliothek:

Die Deutsche Nationalbibliothek verzeichnet diese Publikation in der Deutschen Nationalbibliografie; detaillierte bibliografische Daten sind im Internet über http://dnb.d-nb.de abrufbar.

I

Der Cop Fritz Meier war bei Mama zu Gast, es gab Reis mit Wild, am Ende ein Eis mit Zimt und Birne, dazu Bier. Auf Wein gab Fritz wenig.

»He, dein Fon tutet!«, rief Mama Meier.

Eilig sog Fritz das Bier auf und holte das neue Teil aus der Weste: »Nenn das doch bitte nich die ganze Zeit ›Fon‹, als sei es so oll, Mama – wir haben die ganz neu bei uns!«

»Ah, mein Assi.« Er sah zu Frau Meier hin. »Laura, was gibt es denn?«

»Eine Tote in der Bar Nena, komm zum Kai. Mehr Info gibt es nich.«

»Oh Mist«, brach es aus Fritz, dann rief er: »Ende mit Menu, Mama!«

Frau Meier regte sich auf: »Nie bist du in Ruhe bei mir!«

»Mein Beruf... Aber frier mir doch was ein und gib mir ein Bier für den Weg«, bat Fritz sich aus.

»Na gut, so soll es wohl sein. Aber ruf mich bald mal an und hilf mir dann mit dem Gelee.«

»Aber gern. Das steht auf dem Plan.«

Er ging aus dem Haus und flog mit dem Auto, einem Audi, zum Kai, wo Laura vor der Bar stand.

»Hallo Laura.«

»Hallo, Fritz, wurde aber auch Zeit. Was hast du da in der Hand? Bier?«

»Na klar.«

»Kipp den Rest weg.«

»Nein, nein, ex und hopp«, gab Fritz an und zog es fix weg.

»Die Tote soll auf dem Klo sein. Komm in die Bar.«

Die Tür war auf. Ein Mann trat auf sie zu: »Hallo, man ruft mich Malte Pirof. Herr steh mir bei, so ein Pech bei mir in der Bar. Und das grad nun! Das kann mein Ruin sein!«

»Wo lang?«, frug Fritz kurz und ein wenig rüde.

»Dort«, wies der Wirt den Weg zum Klo. Da war auch Knut Moser.

»Na, auch am Start, Doc?«

»Ja klar, Fritz.«

»Dann sehn wir uns die Dote mal an...«

»Was soll das? Wozu ›Dote‹ statt ›Tote‹?«, regte sich Knut Moser auf.

»Moser nich rum! Das ›D‹ war mir zu hart, da es um den Dod geht«, log Fritz.

Die Tote lag krumm da, sie sah aus wie eine Elfe, das Haar hing wirr um den Kopf und sie trug ein Kleid in Blau. Es lag so wüst und lose da, dass man viel Haut sah. Ein wenig sah sie aus wie Grace Kelly. Fritz sah auf, als ein Mann zur Tür kam.

»Ah, du bist nun auch da, Spur-Uwe. Sehr gut. Nun, was gibt dir der Raum hier über die Dat kund?«

»Nich viel. Der Tod trat nich hier ein!«

»Was?!«

»Ja seht doch, eine Wunde an der Kehle, aber kein Blut!«

»Und auch die Hand war kalt und starr, der Tod also lang her«, half Knut Moser aus.

»Oh, ja, das wird wahr sein. Aber wie kam die Tote dann in den Raum hier?«, rief Laura.

»Sieh mal die Tür dort, es gibt also zwei«, warf Fritz ein. Eine Zeit lang war Ruhe in dem Raum, dann erhob sich Spur-Uwe, in der Hand eine Tüte, so klein wie eine Nuss, und ein Heft, DIN A 8.

»Lass mich mal sehn«, bat Fritz und roch an der Tüte.

»Das kann nur Gras sein.«

Laura sah sich das Heft an. »Hier steht: Maja Barke. Efeu-Weg elf. Das wird wohl die Tote sein und dort war sie zu Haus. Das fügt sich aber gut.«

»Ja, sehr wahr. Nix wie hin da!«

II

In dem Haus Efeu-Weg elf war es hell. Es war kurz vor zehn als man dort ankam.

»Warte mal«, wies Laura Fritz auf dem Weg zur Tür an. »Sieh mal, da in dem Bad, eine Frau, was tut sie da so emsig, Fritz?«

»Die baut sich wohl eine Tüte.«

»Toll, der Witz, haha. ›Tüte!‹ So, so. Nun geht es wohl auch ohne ›D‹!« Laura gab Fritz einen Paff in den Arm. Fritz ging zur Tür, da war nur ein Seil, an dem er zog. Der Ton war sehr laut. Als ein Mann in der Tür war, roch es stark.

»War wohl doch kein Witz mit der Tüte«, gab Laura zu.

»Hallo, wir sind Fritz Meier und Laura Regat vom LKA.« Man ging in den Flur.

»Was, das geht doch nich!«, riss der Mann sein Maul auf, dann ganz laut: »Es war nich Maja an der Tür, aber ein Bulle!«

Chaos aus dem Raum neben dem Flur traf auf das Ohr. Laura bog ums Eck. Man sah, es war viel los: Auf dem Sofa lag ein Kerl mit Bart, er sah aus wie ein Pirat, mit einem See aus Bier vor sich. Es war zwar Mai, aber an einem Ofen mit viel Glut stand eine Frau mit rotem Haar, die Haut war rosig, in der Hand eine Dose, die sie eilig einem Mann zu warf. Der Mann erhob sich und kam auf sie zu. Er sah übel aus – der Kopf war kahl und kein cm

Haut war frei von Akne. Die Frau aus dem Bad trat in den Raum, das Haar war lang und braun und sie trug einen Rock in Gelb.

»Neami, nich!«, rief der Pirat und sie wich zur Tür. Man sah, ein Auge war ein wenig rot.

»Halt«, bat Fritz, »fügt euch der Lage, es geht uns um Frau Barke.«

»Maja? Die war lang nich hier, was soll denn mit der sein?«, frug der auf dem Sofa.

»Aber laut Pass war sie doch hier zu Haus.«

»Was geht euch das an? Hau ab du Bulle und du Cop-Hure!«, rief die Frau mit rotem Haar grob.

»Psst, halt dein Maul, du Huhn!«

»Ja, Ruhe bitte!«, wurde Fritz laut.

»Aber was soll denn nun mit Maja sein?«, frug der Mann aus dem Flur eilig.

»Dot. Das soll sein«, gab Fritz kurz von sich.

»Das kann doch wohl nich sein!«, rief der Mann mit Akne.

»Doch. Sie biss ins Gras!«

»Sei nich so grob«, rügte Laura.

Mit einem Mal war Ruhe in dem Raum, dem Mann mit Akne wich das Blut aus dem Kopf und die Dose fiel auf die Erde. Die Frau mit dem roten Haar sank auf das Sofa und die aus dem Bad fror ein – ein Laut wie von Staub kam aus der Kehle. Auch der Mann in dem Flur war ganz starr, nur der Pirat auf dem Sofa lag ganz in Ruhe da und frug ohne Hast: »Wie und wann das denn?«

»Nein, nein, wie kann das sein?«, brach es nun aus der Frau in Gelb.

»Es war Mord. Wir waren eben dort, wo sie starb – in der Bar Nena. Wer von euch war mal dort?« Fritz Meier rieb sich an der Lippe. Dann sog er lang die Luft ein. Aber kein Wort kam an sein Ohr.

»Wer sind Sie denn?«, Laura trat zu der Frau in Gelb.

»Das geht dich nix an!«, regte die Frau sich auf.

»Was soll das, Neami?«, rief der Pirat. »Zier dich nich so!«

Es kam ein wenig Ruhe in die Frau in Gelb. »In dem Pass von mir steht ›Neami Kötte‹«, rang sie sich ab.

»Was für ein Mord? Wie das? Wer war es? Mit was für einer Waffe?«, warf der Mann mit Akne am Ofen ein.

»Wir sind erst bei Null«, hub Laura an. Klar sei nur, dass man Maja Barke mit einem Ding aus Stahl in die Kehle stach.

»Herr, steh mir bei!« Neami Kötte zog es auf das Sofa. Der Pirat stand auf und trat in den See aus Bier. Er ging zur Tür.

»Wohin des Wegs?«, frug Fritz Meier.

»Aufs Klo!«, gab der Pirat an, als er bei Fritz Meier ankam.

»Nix da!«

Der Pirat zog die Braue hoch: »Man nennt mich den Graf. Horst von und zu Maul und Klau. Gib den Weg frei.«

»Aha.« Der Ton von Fritz Meier war nun eisig. »So geht man mit einem Cop nich um, du hohle Nuss. Zeig uns erst den Raum von Frau Barke.« Und dann lud er die ganze WG für acht Uhr vor in die ›Laube‹. So nennt das Team um Fritz Meier das Haus, in dem es zur Zeit sein Nest hat.

Dann ging er zum Ofen und hob die Dose auf. Man sah kein Korn von Staub. Aber man roch das Gras.

III

In der Laube war es sehr warm, auch ohne Ofen. Die Crew aus dem Efeu-Weg war grad aus der Tür. Es war zwei Uhr, die Sonne stand hoch. Laura zog das Rollo zu. »Uff! Meine Güte, ganz gut heiss hier... Georg, mach mal den Mac an und list auf, was wir nun haben. Georg Milch – er sah auch so aus wie ein Milch-Bub – stand auf, holte den Mac aus dem Regal und ging auf Start. Da kam aus dem Mac der Ton von einem Song. Georg brach den Song eilig ab und wurde rot.

»Das war doch ›Froh zu sein‹ von Nena oder nich?« Fritz war ganz Ohr. »Jaa«, Georg wand sich. »Das ging mir seid der Info zum Mord in der Bar Nena nich mehr aus dem Kopf...«

»Gut – erst mal Horst von und zu Maul und Klau«, half Laura aus.

»Da hau doch einer lang hin, dass das kein Jux war... Es steht so in dem Pass.«

»Er gab an, dass er an die Uni geht.«

»Na, wie oft wohl? Der sah nich grad emsig aus...«

»Das kann uns ja egal sein.«

»Er war um die Zeit vom Mord sehr weit weg, bei Mami und Papi von und zu Maul und Klau in Plön.«

»Gibt er an. Prüfe das, Georg.«

»Geht klar, aber der hegt doch eh kein Gramm Wut.«

»Man merkt, du bist neu, Milch-Bub, lass dich von dem Hahn nich auf den Arm heben. Ein Cop hat die ganze Zeit auf der Hut zu sein! Aber nun zu dem Mann mit der Akne, er nennt sich Leon Düwel.«

»Der war das mit der Dose, nich wahr? Das war doch Hasch, oder?«, frug Laura.

»Ja, aber die kam von der mit dem Haar in Rot und das gibt uns auch nix, es geht um Mord, nich um Gras«, riss Fritz das Wort an sich.

»Aber das darf man doch nich!«, rügte Laura.

»Ab und zu ein Zug Hanf tut mal ganz gut, so eine Tüte hat was«, gab Fritz an. Laura rang mit sich, das sah man gut, doch sie sah Fritz nur eisig an, sog Luft ein und trat zu Georg an den Mac. »Aha, der Leon Düwel und die mit dem roten Haar, Anna Gramm, haben es gut, der Boss von ›Haus Fork‹ gab an, dass sie mit dem Boot und der Angel raus auf den See sind.«

»Zu der Zeit den Wurm baden?«, kam es von Georg.

»Aber ja, da holt man gut was aus dem See. Neami Kötte gab an, dass sie zu der Zeit, wo der Tod Maja Barke holte, in der WG war. Aber da war sonst kein Mann.«

»Und eine Frau auch nich.«

»Heinz Deges gibt an, er war auf dem Weg zum Zoo, um dort was an die Wand zu malen.«

»Und was erst: ›Free Lion, Bear and Ape / No Zoo, no Pain, no Rape.‹ Was für Verse! Was für ein Reim! – Der Milch-Bub prüft das…«, bot Georg an.

»Ja, mach das! Aber lach nich so laut wie dein Boss!«
Fritz rieb sich das Auge.

»Der hat ja eine Meise. Denk dir so was mal aus! Das kann wohl nur wahr sein«, sann Laura.

»So, die Frau Kötte, die holde Neami. Der ging das Ganze ja auch sehr nah. Die war von der Rolle.«

»Ja, die hat viel Verve – oder Angst.«

»Nein, mehr Reue, aber woher kann das nur sein?«
Fritz erhob sich: »Geh in den Efeu-Weg, Laura, und frag sie was. Und sieh dir den Raum von Maja Barke mit der Lupe an. Als wir dort waren, war ja nich so viel Zeit.«

»Den Raum von Maja? Hat das Sinn?«

»Meine Sonde pafft mir da was«, Fritz Meier stand auf.

IV

Es war kurz vor neun Uhr, als Fritz zu »Veras Wurst-und-Tofu-Mekka« kam. Es war kaum was los. Georg, der Milch-Bub, hing auf einer Bank neben der Tür mit einem Bier vor sich. Er biss grade in eine Pita mit Tofu, Lauch und Mais. »Für mich bitte ein Bit und eine Wurst vom Grill, Vera«, rief Fritz. »Und? Gibt es ein Lob für die Pita a la Vera?

»Ganz okay. Aber zu wenig Pepp.«

»Meine Güte – dann würz halt was dazu. Was gibt es aus Plön und vom Zoo?«

»Herr von und zu Maul und Klau war ganz klar in Plön – erst war er mit Mami und Papi mit dem Kanu auf dem See, dann gab es ein Menu und am Ende Skat. Das gibt das ganze Trio so an und wird wohl wahr sein.«

»Sehr gut – und der Zoo?«

»Der Heinz Deges log auch nich – kein Witz! Der malt den Text doch glatt an das Haus, wo der Boss vom Zoo wohnt.«

»Man lernt nie aus, was es für Esel gibt«, warf Fritz ein, »aber war dort wer, der das sah?«

»Ein Kerl, Karl Barth, war auch dort und half bei dem Text, und das gibt der auch zu. Aber sonst war wohl nich ein Mann oder eine Frau dort – das war ja auch der Sinn, dass die das um die Zeit in Ruhe malen.«

»Wohl wahr.«

»Es war erst fünf Uhr, als das mit dem Zoo raus war. Mir war das lieb. Bin dann zu der Bar Nena – das war ganz nett weit. Am Ende waren meine Füsse wie Blei.«

»Wozu das denn?« Fritz war ganz Ohr.

»Nur so. Es wurmt mich, wenn man kein Bild von dem Raum hat, um den es geht, also ein wenig in der Aura von dem Raum baden kann.«

»Du bist ja einer! Man lernt nie aus... War denn die Bar um die Zeit auf?«

»Ja. Man kam rein.«

Da trat Laura heran – mit Neami Kötte neben sich. Die sah ein wenig welk und matt aus. Es war klar, dass sie litt.

»Hallo!« Fritz erhob sich und bot Neami einen Sitz auf der Bank an. »Was darf es für euch sein?«

»Nix.« Laura sah Fritz an.

Kurz war Ruhe in dem Raum. Dann brach es aus Neami: »Maja – sie war mir so lieb, sie war meine Sonne... Ach, tot, wie kann das sein?!« Dann gab sie kein Wort mehr von sich und sah starr und steif vor sich hin.

Laura hob an: »Es war so. In dem Raum von Maja Barke war Foto neben Foto an der Wand. Man sah auch die ganze WG, nur – das fiel mir bald auf – Frau Kötte nich. Da wurde mein Kopf ganz wach, denn dass die zwei sich sehr nah waren, merkt man ja ganz klar: Frau Kötte traf der Tod von Maja Barke sehr, mehr als den Rest der WG. Und ein Teil der Wand sah sehr kahl aus, da kam es mir in den Sinn...«

»Sie warf sie in den Müll. Das traf mich so sehr!«, kam es aus Neami hoch.

»Lang die Rede, kurz der Sinn«, wob Laura ein, »so kam es raus, dass die zwei ein Paar waren.«

»Ja, bis... bis die Zeit kam, wo sie mir gram wurde. Mit einem Mal wurde sie oft rüde und rau. Sie warf mir an den Kopf, es sei aus – sie könne nich mehr mit mir sein. ›Du bist nich der Nabel der Welt‹, rief sie. Dann warf sie Foto um Foto von mir in den Müll...« Neami Kötte sank in sich. »Und dann war sie fort, ohne ein Wort.«

»Wann war das?«, frug Fritz.

»Vor nich ganz einem Monat.«

»Und wohin ging sie?«, warf Laura ein.

Da gab das Fon von Fritz einen Ton von sich. Er hob die Hand. »Nur ganz kurz«, bat er, »warte bitte mit mehr Info auf mich.« Dann stand er eilig auf und ging ein paar Meter. »Hallo Mama..., ja klar, das Gelee... hmm, okay, wieg das doch mal eben ab... gut, vier Kilo also, geht klar. Bis dann. Ja, hab dich ja auch lieb.«

Laura sah Fritz keck an: »Na, die Frau Mama?«

»Ja, lass gut sei, Laura«, wich Fritz aus. »Wo waren wir denn grad?«

»Dass Maja seit einem Monat nich mehr in die WG in den Efeu-Weg kam«, half Laura aus.

»Ah, ja. Und gibt es nun einen Plan, wohin sie ging?«

»Ja«, hob auch Laura an: »Wo kann sie hin sein? Wer gab Maja Asyl? Ob sie am Ende aus der Stadt floh?«

»Hm«, sann Neami, »das wohl nich.« Es könne sein, dass sie zu dem Mann mit dem Köter sei, Kurt Reger. Der wohne mit einem Hund, der wie ein Kalb sei und einen Korb um sein Maul habe, am Rand der Stadt in einem Haus aus Holz, neben einer hohen Eiche. Der Kurt Reger sei ohne Job und habe kaum Geld. »Der Maja lag das sehr. Wenn sie von der Uni kam, ging sie dort oft hin.«

»Am Rand der Stadt?« Wo denn da? Sag doch!«, rief Laura.

»Das kann nur am Ende vom Weg zum Köner See sein, nah beim Wald. Die waren auch oft baden, wenn es warm war.«

»Heut wird das nix mehr«, sann Fritz, »wenn es hell wird, geht es mit dem Auto zum See.« Er hob sein Glas und rief: »Vera! Für uns vier ein Bier!«

»Alt, Hefe oder Pils?«, frug Vera.

V

Laura fror. Es war acht Uhr und kalt. Der Wind war wild, eine Wolke war lila, und eine graue Wolke sah sehr wüst und nah aus. Mit einem Mal brach der Regen über Laura aus. Da kam Fritz mit dem Audi und lud sie ein. Der Weg zum See war zwar kurz, aber es war Rush-Hour, und es zog sich.

»Na das staut sich hier, wir haben also Zeit... Hast du Lust auf ein Wort-plus-Wort gibt Wort, Laura?«

»Oh, sehr gern, Fritz. Hast du was?«

»Ja, pass auf: Kopf, Bein und Bild.«

»Hm – Kopf, Bein und Bild...«, sann Laura.

Der Regen war nun ganz milde, die graue Wolke war weg und es wurde hell.

»Kann es 'Stein' sein? Kopf-Stein gibt es, Stein-Bild auch.«

»Naja, was soll denn ein Stein-Bild sein?«

»Ein Bild aus Stein halt, das Wort gibt es – sieh mal in den Duden!«

»Pff..., den haben wir hier nich zur Hand. Und Stein-Bein oder Bein-Stein gibt es eh nich.«

»Sehr wahr. Warte...«

Eine Zeit lang war Ruhe. Man sah zwar das Ende von dem Stau, aber das Auto vor dem Audi stand.

Dann kam es von Laura: »Es kann nur 'Stand' sein – da war 'Stein' gar nich so weit weg: Kopf-Stand, Stand-Bein und Stand-Bild!«

»Du hast es, Laura, sehr gut!«

»Danke, 'Stand' kam mir grade in den Kopf, weil wir hier in einem Stau sind… Aber warte mal meins ab: Staub, Duft und Regen.«

»Hm… Was gibt es da. Haus-Staub, Mond-Staub, Staub-Korn, Staub-Bad«, riet Fritz. »Aber viel gibt es da nich.«

»Aber wohl mehr als die vier!«, zog Laura Fritz auf.

»Dann eben mit 'Regen': Dauer-Regen, Geld-Regen, Regen-Wurm… Oh, der Stau löst sich auf. Er wird zu Staub!«, rief Fritz und gab Gas.

Am See bog er ab. »Braus nich zum Kern von dem Teil der Stadt hier, da gibt es eh' kein Haus aus Holz, nimm den Weg in den Wald, » warf Laura ein.

»Ja, klar. Staub, Duft und Regen – das heben wir uns nun wohl für den Weg zur Laube oder so auf.«

»Haha, wohl zu hart für dich, die Nuss«, Laura sah froh aus.

Bald wurde der Weg eng, und das Auto ritt von Stein zu Stein. Aber die Sonne kam raus und es wurde warm. »Riech mal, Fritz! Der Duft von Holz und Borke!«, rief Laura, und dann: »Sieh dort! Das kann das Haus sein! Und eine Eiche steht auch da!«

Als man ankam, erhob sich ein Mann mit einem Glas in der Hand von einer Bank, die vor dem Haus stand.

»Hallo, wer sind Sie denn?«, er zog sich den Hut vom Kopf und lud sie mit der Hand, die frei war, zur Bank ein.

»Danke, Meier und Regat vom LKA, sind Sie Kurt Reger?«

»Klar – auch ein Glas Wein?«, bot er an. Fritz sah aus, als wolle er wohl gern ein Glas haben, doch Laura riss das Wort an sich: »Das geht nich, wir sind beim Job! Es geht um den Tod von Maja Barke.«

»Waas?!« brach es aus Kurt Reger, »Maja tot? Das kann nich sein, sie war doch grad erst hier«, er sank auf die Bank. Laura holte aus und gab Kurt kurz Info zum Mord und dem Part von Neami Kötte. Man sah, wie Kurt Reger litt. Er war ganz matt, die Haut wie aus Kalk.

»Bis wann war Maja Barke denn hier?«

»Sie brach zur Demo beim Zoo auf und kam dann nich mehr hier her. Mir kam in den Kopf, dass sie wohl Neami traf und die sie doch in den Efeu-Weg holte.«

Fritz war die Not von Kurt Reger egal und er frug ein wenig kalt: »Wo warn Sie seit der Zeit?« Kurt Reger biss sich auf die Lippe und mass Fritz mit dem Auge: »Was soll das? Sie erbat Halt bei mir und sie war mir lieb. Sie war wild und mild in Einem. Wir waren nur hier, nich wahr, Wespe?« Der Hund, der bis dato in der Tür lag, kam zur Bank und gab raue Laute von sich.

»War Maja in der Zeit, in der sie hier war, auch mal in der Stadt?«

»Ja, um so ein Mehl aus Mais zu holen, das es in dem Dorf hier nich gibt. Sie buk sehr gern.«

»Wann war das denn?«

»Das kann nich so lang her sein.«

»Was war das denn für ein Dag?«

»Kein Plan.« Er meide es, die Zeit in dem Kopf zu haben.

»Wie geht denn das? Woher haben Sie dann Geld?«, frug Fritz.

»Das geht Sie nix an! Für mich gilt: Sein statt Haben. Du meine Güte, was hat denn die ganze Welt mit dem Geld?«

»Die ganze Welt? Wer denn sonst?« Laura war ganz Ohr.

»Na, Maja. Sie sah sich oft um, ob es einen Job für mich gibt. Und als sie aus der Stadt kam, war sie ganz froh und rief, sie habe bald Kies für uns.«

»Wie kam sie dazu?

»Da rang sie sich kein Wort ab und wich mir aus.«

»Und ging es um einen Job?« Fritz war auf Trab.

»Wohl kaum. Wozu war sie denn dann so stur und bat mich um Ruhe?« Kurt Reger mied nun das Auge von Fritz, rieb die Hand an Wespe und zog dem Köter einen Floh aus dem Haar. Fritz sah Laura eilig an.

»Wir sind so gut wie am Ende, Herr Reger«, hob er an und wies zum Auto. »Ach so, waren Sie mal in der Bar Nena?«

Kurt Reger gab einen Laut von sich, als könne er nur Luft holen. Er wurde ganz steif. »Nein.« Er wisse zwar, wo sie sei, aber er meide Bars. Dazu habe er kein Geld.

»Und Maja Barke? War die mal dort?« Fritz trat nah an Kurt Reger heran.

»Ach! Maja doch nich! Bars von der Art waren nich der Stil von Maja!«

»So? Was für eine Art Bar soll denn die Bar Nena ein?«, warf Laura ein.

»Da war es viel zu steif und eng. Nix für die von der Uni.«

»Nur zur Info. Dort starb Maja Barke.

Kurt Reger sank auf die Bank.

VI

Laura ging zum Auto. Fritz kam auch, er war nun ganz wach. Eins sei klar, der Kurt Reger wisse mehr als er von sich gebe. »Das stach mir ins Auge!«

Laura zog die Braue hoch. »Für mich sah das nich so aus. Er war doch ganz nett, nur ein wenig wirr am Ende. Der Tod von Maja Barke traf den Mann herbe.«

»Ach was«, regte Fritz sich auf. »Der hat Angst!« Und er wisse sehr wohl was von der Bar Nena.

Laura sah eine Zeit lang vor sich hin, dann hob sie den Kopf. Eine rote Ente bog vor dem Audi auf den Weg. »Sieh mal, was da auf der Ente vor uns steht«, rief sie: »›EN – TE‹ – Ente.«

»Na und? Es könnt auch sein, dass auf dem Auto von mir ›Audi‹ steht.«

»Ja, das könnt sein«, gab Laura zu, »tut es aber nich.«

»Für den Herrn der Ente, oder wohl mehr für die Dame, war das wohl als Witz ganz nett. Mir war halt egal, was auf dem Audi steht. Es könnt da ja auch ›Fritz‹ stehn.«

»Aber nich in der Stadt hier, Fritz!«, warf Laura ein, »und ›Audi‹ geht hier auch nich.«

»Wohl wahr. Aber sonst geht da sehr viel: Fritz und Laura, Karl und Marx und ex und hopp.« Bei Fritz war nun viel Elan am Start. »Es geht auch, dass in einem Text oder in einer Rede all die Worte von der Art sind.«

»Meine Güte«, Laura gab sich so, als sei sie baff. »Mach doch mal einen Text auf die Art!«

»Haha.«

»Doch, einen Text, worin es um Mord geht, und wo du der Held bist!«

»Oh nein, wer das kann, der wird wohl ein Held sein – und Zeit wie Heu haben. Aber ein Plot mit Mord und so geht so oder so nich.«

»Wie das?«, Laura sah Fritz an.

»Nun, ›MO – RD‹, also das Wort ›Mord‹, gibt das Amt bis dato nich aus. Und das gilt auch für ›Waffe‹ und ›Bulle‹ und für all die KFZ, die zwei ›S‹ am Ende haben...«

»Da brat mir einer eine Ente!« Laura sah auf die Uhr – kurz vor elf. »Stop, wart mal. Lass uns zur Bar Nena eilen«, erbat sie. »Wozu erst in die Laube?«

»Aber wozu in die Bar? Um die Zeit? Da kann doch nur der Wirt sein.«

Es sei viel wert, wenn man wisse, woran man mit dem Wirt sei, mit dem Malte Pirof, warf Laura ein. Und Fritz könne ja auch einen heben, wenn er wolle. »Na dann«, gab Fritz von sich und bog zum Kai ab.

Laura sah, dass die Laune von Fritz gut war und frug, ob er was zu »Staub, Duft und Regen« in dem Sinn habe.

»Gib ein wenig Ruhe, dann wird das was«, erbat sich Fritz.

VII

Vor der Bar Nena stand kein Auto. Die Tür war zu. »Pass auf den Stein da auf!«, rief Laura. Fritz wich mit dem Audi aus und kam zum Stand.

»Wolke«, gab er von sich: »Staub-Wolke, Duft-Wolke und Regen-Wolke.«

»Sehr gut, Fritz! – Das haben wir also.« Fritz holte Laura auf dem Weg zur Bar ein. Die Tür war zu.

»Komm, hau mal mit der Hand an die Tür«, bat Laura, »der Wirt wird ja wohl da sein.«

Ein wenig Zeit ging ins Land, dann trat der Wirt vor die Tür. Er sah müde aus.

»Herr Pirof, wir sind es, vom LKA.« Der Wirt bat sie ins Haus und wies zur Bar. »Darf es was sein?«, bot er an.

»Ja, für mich einen Dee bitte«, Fritz sah Laura starr an.

»Für mich auch – danke. Nun aber zu dem Tod von Frau Barke.«

»Ja«, Fritz riss das Wort an sich. »Erst am Dag zwei sah man, dass die Dote hier auf dem Klo lag. Aber der Doc gab uns kund: der Dod trat am Dag der Demo, am 1. Mai ein. Die Dote lag daher grob zwei Dage hier rum.«

Der Wirt sah Fritz baff an. »Du meine Güte, das kann doch nich wahr sein!«

»Doch das steht, aber wie kam es dazu? Was war am 2. Mai los, dass man sie nich sah. Ging da nich mal einer oder eine auf das Klo?«

»Da war die Bar zu«, rief der Wirt. »Mir war ganz und gar nich wohl. Lag die ganze Zeit in der Koje, meine Frau stand mir bei.«

»Sie haben eine Frau?«

»Ja, auch ein Wirt kann eine Frau haben!«, nun war der Wirt eisig.

»Ja, klar«, griff Laura ein.

Aber Fritz war nun ganz in Form: Ob er mal die Frau Pirof holen könne, und wer sonst hier in dem Haus wohne. Der Kopf von Malte Pirof wurde ein wenig rot, aber er ging zur Tür neben der Bar und rief laut: »Doris, komm mal her, hier sind zwei Cops, hilf mir mal.«

Das Auge von Laura traf das von Fritz. »Der hat sie wohl nich mehr ganz...«, gab der so wenig laut wie es ging von sich.

Laura sah sich in der Bar um. Pro Wand gab es ein Foto mit Glas, wohl 40 mal 50 cm, in toto vier. Auf einem sah man einen Berg, er war eisig blau und ein wenig von der Form eines Huts. Das Foto neben der Tür zum WC bot ein Riff mit viel Nebel; das Meer war wild. Auf dem Bild bei der Bar stach ein rosa Haus mit viel Efeu an einem Bach ins Auge. Auf dem Foto Nr. vier sah man ein Boot auf dem Meer mit einer lila Wolke.

Bald kam die Frau und trat eng an den Wirt heran. Neben Malte Pirof, der sehr hoch und stark war, sah sie aus wie ein Kind. Sie bot Laura und Fritz einen Sitz an. »Was haben Sie für uns? Gibt es neue Info? Es geht wohl um die Frau, die bei uns auf dem WC starb.«

»Auch Papa soll man holen«, warf der Wirt ein.

»Der holt grad Obst und Wein für sich«. Frau Pirof wies zur Tür.

»Nun gut, wo waren Sie denn, von null Uhr bis vier Uhr, als Frau Barke hier zu Tode kam?«

Der Wirt sah Doris kurz an.

»Die Bar war bis ein Uhr auf. Am Ende war nich mehr viel los.« Aber es gebe dann stets dies und das, bis man ins Bett könne. »Das ging so bis kurz vor halb zwei. Dann war hier klar Boot, wie man das so nennt. Nich wahr, Doris?«

Laura sah, wie die Frau vom Wirt die Braue ein wenig hob.

»Ja klar, um zwei waren wir in der Koje.«

»Ach ja, und dann gab es doch am Ende den Gin mit Soda für uns zwei«, warf der Wirt ein.

Doris biss sich auf die Lippe. »Ja, den hast du doch so gerne.«

Fritz mass die zwei mit dem Auge und holte Luft, da ging die Tür auf. Ein Bild von einem Mann trat in den Raum. Zwar war sein Bart grau und er trug einen Hut, aber es war klar, der Mann war stark wie ein Ochse.

»Oha, wen hom wer denn do? Sie san wohl Cops und es geht um de Tote auf dem Klo.«

»Sehr wahr«, hub Fritz an. »Es geht um die Dote, um Frau Barke. Fritz Meier«, er wies auf sich, »und Laura Regat. Und wer sind Sie?«

»Simon Pirof, der Papa von Malte Pirof, dem Wirt hier.«

Er ging zur Bar, holte den Wein aus dem Korb und ein Glas aus dem Regal. »Auch a Glasl?«, bot er an.

Laura hob die Hand: »Danke, für uns nich«.

»Na, wer ned will, der hat scho«, gab Papa Pirof von sich. Dem Sohn aber kam in den Sinn: »Ach ja, der Tee!«

»Tee? So eine Plöre!« Simon Pirof hob sein Glas. »Wos steht denn an?«

»Wo waren Sie denn, als die Frau hier zu Tode kam?«

»Wann war denn das?«

»Laut Doc war das ab null Uhr, aber vor zwei Uhr.«

Der Ton von Simon Pirof war eine Spur zu laut: »War um hoib elf in da Koje. Wollt' um fünf Uhr mid da Angel zu Kuno. Um de Zeid am See, des tut da Seele gut.«

»Ja, er war wohl die ganze Zeit in der Heia«, warf Malte ein.

»Na gut.« Nun war Laura am Zug. »Der Tod holte Maja Barke nich auf dem WC. War es nun so, dass man die Tote von einem Raum in der Bar auf das Klo trug, oder trug man sie vom Hof aus rein? Denn auf dem WC gibt es ja nich nur eine Tür.«

»Ja.« Fritz riss das Wort an sich und stand auf. Das werde nur klar, wenn man Raum für Raum in dem Haus hier ein wenig hin und her wende.

Doris wich das Blut aus der Wange, aber Simon Pirof wurde rot und wild: »Des geht doch zua weit!«, rief er. Sein Sohn aber sah mild aus. Er ging zum Flur der Bar. »Die Cops haben nun mal den Job, den sie haben. Hier lang, bitte.«

»Und dann« – Fritz sah Laura an – »setz dich mal mit Frau Pirof hin und list auf, wen sie nennt, der um null Uhr in der Bar war – und wo er oder sie wohnt, wenn das geht.«

VIII

Georg Milch sang laut ein Lied von Mary Roos, als das Auto mit Fritz und Laura an Bord vor der Laube ankam.

»Was bist du so froh, Milch-Bub?«, frug Fritz und warf eine Tüte ins Regal.

»Neue Info: Ein Mann sah Maja Barke auf der Demo – sie war dort!« rief Georg mit Elan.

»Aha«, Laura war ganz Ohr.

»Am Ende der Demo war ein Stand, wo Frau Barke sich ein Eis holte.«

»Und?«

»Als der Mann am Stand das Foto sah, rief er: ›Ach die! Sie bat um Rosen-Eis oder Kiwi-Eis. Aber so was haben wir nich. Sie wich dann auf Nuss aus. Sie trug ein Kleid in Blau und sah gut aus – ein wenig wie Grace Kelly.‹«

»Sieh mal einer an. Sie trug das Kleid, in dem sie dann auf dem Klo der Bar Nena lag. Sehr gut, Georg.«

»Bei uns gibt es auch neue Info«, holte Fritz aus. »Wir waren grad in der Bar, und – stell dir vor, Georg – der Dod von Maja Barke trat in einem Raum neben dem Klo ein. Spur-Uwe hob in dem Raum, wo in der Bar Nena das Bier steht, eine Lade mit Holz hoch. Dort sah man einen Rest Blut. Wenn wir den Dest haben, wird klar sein, dass es das Blut von Maja Barke war.«

»Kurz und gut, dann war es einer aus dem Haus«, sann Georg.

»Oder einer, der um die Zeit in der Bar war«, warf Laura ein.

»Und, Laura, hast du raus, wer das war?«

»Laut Frau Pirof war nich mehr viel los. Aber fünf Mann und ein Paar waren wohl lang dort. Bei dem Paar und zwei Mann war nich klar, wer das war. Ein Trio war beim Skat. Zwei waren vom Stamm, ein Herr Marx und ein Herr Wesir.«

»Haha, Karl Marx?«

»Meine Güte, was für ein Witz!«, rügte Laura Georg. »Das waren Egon Marx und Willi Wesir.«

»Na, wo die Haus und Hof haben, wird bald klar sein. Georg, wirf mal den Mac an!«

»Das haben wir parat…«

»Und wir sind ganz Ohr...«

»Willi Wesir — na, da haben wir es doch... Am Forst acht.«

»Ach das wird ganz nah an dem See sein, wo Kurt Reger wohnt!«, rief Laura.

»Na und? Da wohnt ja wohl mehr als einer«. Fritz kam zu Georg an den Mac. »Nun zu Egon Marx. Hast du den auch, Georg?«

»Jepp! In der Kehre neun.«

»Oh, der wohnt ja bei Mama ums Eck. Das fügt sich ja gut. Und wer geht zu Willi Wesir?«

»Auch du«, bat Laura. »Du hast doch den Audi, und bei mir steht um fünf Uhr was an.«

»Was denn?« frug Fritz. »Oder geht mich das nix an? Hast du ein Date? Um die Zeit?«

»Das wurmt dich wohl«, wich Laura aus. »Nein, lass mich.«

»Nun gut«, Fritz sah kurz zu Georg hin. »Wir haben erst halb vier. Dann geh du doch in den Efeu-Weg und rede mit Neami Kötte. Setz sie ins Bild, dass Maja Barke in der Dat bei Kurt Reger war und was der Herr Reger von dem Plan von Maja angab, dass sie bald gut Geld haben könne. Den Anker haben wir ja. Kann sein, dass Frau Kötte da was ahnt.«

IX

Mit dem Audi war Fritz vor vier Uhr bei Willi Wesir, Am Forst acht. Das Haus war klein und grau. In dem Gras vor dem Haus war ein Köter und grub in der Erde. Die Tür war auf. »Hallo!?«, rief Fritz. Eine Frau kam an die Tür. Sie sah müde aus. »Kuro!«, rief sie. »Was soll das? Komm her! – Und wer sind Sie?«

»Fritz Meier vom LKA. – Sind Sie Frau Wesir?«

»Ja, worum geht es?«, frug die Frau steif.

»Es geht um eine Info, die Herr Wesir wohl hat, Willi Wesir. Der wohnt doch hier, oder nich?«

»Ja, hmm – mein Mann. Der parkt grad auf dem Sofa und gibt sich die Show mit dem Kerl, der so einen Bart aus Wolle hat und bei dem das eine Auge so halb...«

»Ach, ›Wer hat denn von so was einen Plan‹ – die Show mit Karl Dall?«

»Ja, ja, was in der Art... Ohne geht bei dem nich mehr«, die Frau sah wenig froh aus.

»Darf man...?« »Na, von mir aus.« Frau Wesir gab die Tür frei und Fritz trat in den Flur. »Da lang«, wies sie mit der Hand den Weg.

Der Mann auf dem Sofa war klein, dick und so gut wie kahl. Sein Hemd hing aus der Hose und es roch auch ein wenig oll in dem Raum. Der Ton von der Show war sehr laut und erst, als Fritz so vor den Mann trat, dass er in dem Weg stand, sah der auf.

»Hallo, Fritz Meier vom LKA«, hub Fritz an und wies sich aus.

»Ja, und?«

»Es geht um den 1. Mai. Da waren Sie doch in der Bar Nena, nich wahr?«

»Klar doch.«

Fritz zog ein Foto von Maja Barke aus der Weste und gab es Willi Wesir. Der sah nur kurz hin. »Nett – wer soll das sein?«

»Die Dote aus der Bar Nena.«

»Was, wann, wie?« Mit einem Mal war der Mann ganz Ohr.

»Ja, man sah sie erst am 3. Mai in der Bar auf dem Klo. Es war Mord. Am 2. Mai war die Bar zu. Bis wann waren Sie denn dort?«

»So bis halb eins. Wir sind dort ab und zu zum Skat und heben einen. Mit mir waren der Egon und der Arno da. Der Arno, weil dem Fred nich so wohl war. Der Arno stand am Ende ganz mies da...«

»Ja, ja, danke. Arno wie? Egon Marx, den haben wir vom Wirt der Bar, von Malte Pirof...«

»Also, Arno Holze, der war statt Fred da. Rein die Null beim Skat. Hat einen Grand mit zwei und gibt die Herz Zehn her. Da geht er baden, ganz klar. Und dann kam auch Pech dazu. Reizt hoch wie was mit einem Pik ohne Vier, und dann sind Karo Neun und Karo Acht in dem Skat.«

»Gut, gut. Und wo wohnt der Arno Holze?

»Der wohnt hier ums Eck.« Willi Wesir wies mit der Hand auf ein Haus, das man sah.

»Man dankt! War die Frau auf dem Foto nun in der Bar oder nich?«

»Horch mal!« Willi Wesir wurde grob. »Man kam in der Bar an und sah nix, man war beim Skat und sah nix und man ging heim und sah nix. Klar? Das gilt für mich, für Egon und auch für Arno.«

Fritz war mit einem Mal sehr eisig: »Auch beim Skat hat man ein Auge auf das, was um einen herum vor sich geht. Aber wie dem auch sei. Waren Sie in der Zeit mal auf dem Klo?«

»Nein!«, rief Willi Wesir laut.

»Nun denn, dann auf bald«, rang Fritz sich ab und ging aus dem Raum. »Und nun also zu Arno Holze, das wird auch ein Jux«, sann er.

X

Georg war um halb acht in der Laube, mit einen Lied von Peggy Lee auf der Lippe. Als Fritz ankam, bot er Tee an, und bald trat auch Laura in den Raum. »Na, Georg, bist du gut in der Spur? Wie war es mit Neami Kötte in der WG? Gab sie einen Wink zu dem Plan von Maja Barke, wie sie sich Geld angle?«, frug Fritz.

»Sie war sehr nett, aber von Geld wisse nich mehr als der Kurt Reger, denn der war auch grad da.«

»Was, Kurt Reger war in der WG?«, rief Fritz.

»Ja, es zog den Mann in die WG, weil auch Neami sehr eng mit Maja war.«

»Meint das Neami oder gab Kurt Reger das an?«, warf Fritz ein.

»Kurt Reger, aber er gab mir nur kurz die Hand, als er ging. Er war in Eile.«

»Na sieh mal einer an!« Fritz sah Laura an.

Aber Georg hob die Hand. »Mir stach dort ein Foto ins Auge, das ging mir nich aus dem Kopf.«

»Wie das?« Laura war ganz Ohr.

»Mir kam es so vor, dass es auch in der Bar Nena an der Wand hing.« Man sah, Georg kam sich sehr hell und klug vor.

»Ja, und was gibt uns das?«, warf Fritz ein. »Was malst du uns da für ein Bild?«

»Lass doch«, bat Laura Fritz, und zu Georg: »Was für ein Bild, sag doch!«

»Das hier!« rief Georg mit Elan und zog ein Foto aus dem Heft, das er stets bei sich trug. Auf dem sah man eine Wolke in einem lila Ton und von der Form einer Axt. Das Meer war sehr blau, am Rand einer Mole lag ein Boot.

»Zeig mal her!« Laura riss das Foto an sich. »Ja, ja, das Foto gibt es auch in der Bar Nena – die lila Wolke in der Form einer Eins.« Georg sah erst Laura, dann Fritz an. »Laut Neami war das, als Maja Barke 2012 au pair auf Malta war.«

»Das wird doch wohl kaum ein Foto aus der Hand von Maja sein«, sann Laura.

»Oh doch, Neami meint, sie gab sogar ein wenig mit dem Foto an.«

»Das kann gar nich das selbe Foto sein, das in der Bar war doch wohl ein Kauf.« Fritz war stur.

»Was regen wir uns denn auf?«, griff Laura ein. Wenn man mit dem Foto hier zur Bar Nena gehe, wisse man bald ganz klar, ob es das selbe Bild sei.

»Das tut der Milch-Bub gerne«, erbot sich Georg mit Verve und erhob sich.

»Georg: Egal, ob du da was an der Angel hast oder nich, man merkt, du hast den Cop in dir.«

»In der Dat«, rang Fritz sich ab.

»Aber sag, Fritz, wie war es bei Willi Wesir und Egon Marx?« Laura stand auf und holte sich ein Glas Tee. »Setz dich auch hin, Georg.«

»Naja«, Fritz zog sich die Weste aus, weil es warm in der Laube wurde. »Willi Wesir kann nur Skat und sonst nix. Er gab an, dass er die Maja Barke nie in der Bar sah und beim Skat nich mal auf das Klo ging. Beim Skat war ein Arno Holze mit am Start, der dort ums Eck wohnt. Der war grad an der Tür, auf dem Weg in die Stadt. Aber bei Arno Holze, der laut Willi Wesir nich mal Skat kann, war auch nix zu holen.«

»Und von da bist du dann zu Egon Marx?«

»Ja. Bei dem war erst nur der Sohn da, aber er kam dann auch bald heim. Auf das Foto von Maja Barke und die Info hin, dass sie dot sei und in der Bar Nena starb, sann er eine Zeit lang. Dann wies er auf das Foto und gab an, dass die Frau an dem Dag war zwar nich in der Bar Nena war, aber Egon Marx war auch am Dag vor dem Skat in der Bar. Als er dort ankam, trat eine Frau aus der Bar, und die sah aus wie die Frau auf dem Foto.«

»Nein!« rief Laura.

»Doch – und das war wohl der Dag, an dem sie laut Kurt Reger in der Stadt war, um Mehl zu holen.«

»Mann, was tut die in der Bar Nena, wenn sie Mehl haben will?!«, warf Georg ein.

»Und was will der Egon Marx da um die Zeit?«, frug Laura.

»Der baut für den Wirt, den Malte Pirof, ein Regal aus Holz. Und warum soll das Lug und Trug sein?«

»Mich laust die Amme! Da haben wir ja nich nur eine neue Spur, wir haben gar zwei.«

»Dann lass uns zur Bar Nena eilen.« Laura sah Fritz und Georg an.

XI

In der Bar Nena war die Tür auf. Erst trat Fritz ein, dann Laura und Georg. »Hallo«, rief Fritz. »Herr Pirof? Sind Sie da?«

»Ja?« Ein Mann stand neben dem Regal mit Gin, Korn und Co. Es war Simon Pirof. »Wos gibt es? – Ach, Sie sans!«

»Ja, wir sind es. Man prüft nun mal, was man kann. Der Wirt wird doch wohl auch da sein?«

»Da Malte werd oben sein. Da Herr Papa geht den Herrn Sohn gern holn…« Simon Pirof ging Tür.

Kaum war er weg, zog Fritz das Foto aus der Weste und ging zu dem Bild an der Wand, auf dem man auch eine lila Wolke sah. Georg trat neben Fritz, Laura auch.

Fritz rief: »Wie wahr, Georg! Das selbe Bild! Die selbe Wolke!«

»Ja, und da, auch das Boot mit dem roten Anker am Bug!«

Laura sah erst auf das Bild an der Wand, dann auf das Foto in der Hand von Fritz, das sie sich erbat. Dann wies sie auf die Wolke: »Aber seht mal hier! Klar, die selbe lila Wolke, aber sie hat da oben nich ganz die selbe Form! Wie kann denn das sein…«

»Hallo, Herr Meier, hallo, Frau Regat!«, Malte Pirof kam in den Raum. »Toll, das Foto, nich?«

»Ja«, hob Laura an, »und das dort neben der Tür haut mich auch um.«

»Aber Sie sind wohl nich hier, um dies oder das Foto zu sehn. Worum geht es?«

»Der Herr Marx, der an dem Dag bis kurz vor null Uhr hier war, baut auch ein Regal für Sie?«

»Ja, aber es geht doch um den Tod von Maja Barke und nich um ein Regal von mir.«

Fritz mass Malte Pirof nur kurz mit dem Auge und zog die Braue hoch. »Am Dag vor der Dat war Herr Marx hier und sah Frau Barke, wie sie aus der Bar kam.«

»Wie? Wann? Das kann doch nich sein. Klar, der Egon war hier, aber die Frau Barke? Nein.«

»Doch. Herr Marx sah das Foto, das wir von Frau Barke haben, und es war für den Herrn klar wie Glas, dass es die Frau war, die er an der Tür traf, als er hier ankam, und zwar so um vier Uhr.«

Malte Pirof wurde starr. »Bei mir war sie nich«, wies er dann von sich.

»Aber bei wem war sie dann? Bei dem Herrn Papa? Oder bei Frau Pirof?«, bot Laura an.

»Das haben wir bald. Mein Papa wird wohl in dem Raum mit dem Regal sein. Papa!«, rief Malte Pirof. »Komm mal her!«

Simon Pirof war mit einem Mal in der Tür. »Jo?«

»Herr Pirof«, hub Fritz Meier an, »von Herrn Egon Marx haben wir die Info, dass er Maja Barke sah, als er hier mit dem Regal zu Gange war.«

»Wos? Da Egon ulkt wohl!«, regte Simon Pirof sich auf. »Des kann doch gar net sei! Des wurmt mi aber!«

»Nun heben Sie mal nich ab, Herr Pirof«, riet Fritz. »Was haben Sie denn?«

»Da Egon werkt doch in dem Raum, wo des Blut war, wo ma de Maja Barke stach, bis sie tot war«, warf Simon Pirof ein.

»Nun lass gut sein, Papa, und nich so eilig«, bat Malte Pirof.

»Mal so: Egon Marx gibt nur vor, dass er Maja Barke zu der Zeit hier sah. Wozu soll das gut sein?« Laura sah Simon Pirof lang an.

»Na jo, er konn neun Mal klug sein und ums Eck…«

»Stop, Herr Pirof!« Fritz Meier riss das Wort an sich. »Für uns gilt nun: Maja Barke war an dem Dag in der Bar. Aber wozu? Doch wohl nich aus Jux!«

»Kann doch sein, dass das nur so war«, rang sich Malte Pirof ab.

»Nur so? Einen Dag vor dem Dag, an dem sie hier starb?«

»Eben, und am 1. Mai kam sie nich über die Tür zur Bar rein. Da war ja der Egon Marx beim Skat«, half Laura aus.

»Und der gab nich an, dass er sie auch an dem Dag sah. Also war sie nich als Gast hier. Es kann also nur so sein, dass sie zu einem aus dem Haus ging.« Fritz mass Malte und Simon Pirof mit dem Auge.

»Zu mir nich!« rief Malte Pirof.

»Zu mir wohl aach net!«

»Nun, Frau Pirof wohnt ja auch hier…«

»Doris? Die wird in der Stadt sein.«

»Und? Kann man sie holen?«

»Jo, ruaf sie an, Malte!« rief Papa Pirof. »Dass des mal klar werd, dass de Doris aach nix mit da Frau auf dem Klo am Huat hat.«

»Ja, bitte«, regte Fritz an, das könne nur gut sein.

Malte Pirof ging zur Tür und dann in den Flur, und auch Simon Pirof zog es in den Gang.

Laura sah aufs Neue das Foto von Maja Barke und das an der Wand in der Bar an.

»Georg, komm mal und halt das Foto hier neben das an der Wand!«, bat sie und trat einen Meter weit weg. »Sieh doch, Fritz! Man merkt, dass das nich das selbe Bild sein kann, aber doch wohl die selbe Mole...«

»...und die selbe Zeit!«, rief Georg.

»In der Dat...«, kam es von Fritz.

Da trat Malte Pirof in den Raum, sein Fon in der Hand.

»Sie wird bald hier sein – so um zehn vor elf.«

Fritz sog die Luft ein: »Sehr gut!«

Laura wies auf das Foto mit der lila Wolke. »Das Foto hier löst in mir was aus. Es stach mir ins Auge. Woher haben Sie es?«

Malte Pirof sah Laura an und ging dann auch zu dem Bild. »Meine Frau, die kann das. Wenn sie auf einem Trip war, gab es Foto um Foto. Und die waren auch gut. All das war aber vor der Zeit mit mir.«

»Wie kam es denn dazu?« Fritz war ganz Ohr.

»Das Foto kann nur von 2011 oder 2012 sein, wohl von einem Trip gen Malta. Doris traf mich aber erst 2013, und dann gab es uns bald als Paar.«

Fritz sah Laura und Georg an. Georg regte sich und gab sich das Wort:

»Und seit der Zeit gibt es kein Foto mehr von Doris Pirof«?

»Nein, der Elan war nich mehr da.«

XII

Die Tür ging auf. Doris Pirof stand da. Sie sah wirr und müde aus.

»Da bist du ja!«, rief Malte Pirof.

»Das ging ja wohl nur so Hals über Kopf. Was gibt es denn?« Doris Pirof sah die Cops an.

»Gut, dass Sie da sind, Frau Pirof«, hub Fritz Meier an. Worum es gehe, sei ja klar. Und nun wisse man: »Maja Barke war am Dag vor der Dat in der Bar Nena.«

»Nein, das kann gar nich sein. Wer gibt das denn an?«, frug Doris Pirof.

»Das soll hier erst mal egal sein, Frau Pirof«, rügte Fritz Meier.

»De Egon Marx wor des«, warf Simon Pirof ein.

»Also bitte Ruhe!« rief Fritz ein wenig grob.

»Na, von mia aus.«

Aber Doris Pirof war auf dem Plan: »Wie, das Wort von Egon Marx gilt und das von mir nich, oder was? Der war doch mit der Barke in der Koje!«

»Aber Doris: der Egon und die Frau Barke – was regst du denn da an?«

»Ja, Frau Pirof, was soll denn das? Sie malen da ein Bild von Herrn Marx an die Wand, ganz und gar ohne Halt! Der Herr Marx war doch für den Bau von einem Regal hier.«

»Na gut, dann war sie halt hier, die Frau Barke, aber mein Auge sah sie nich«, wich Doris Pirof aus.

»Als Gast, auf ein Bier oder so, war sie aber laut Herrn Pirof auch nich in der Bar«, Laura war nun ein wenig laut vor Elan und trat vor. »Nich wahr, Herr Pirof?«

»Ja, das war sie nich!«, rief Malte Pirof artig.

Doris sah erst Malte hart an und dann zu den Cops: »Also gut, dann war sie halt da. Aber mir kam sie nich vor das Auge.«

Fritz Meier riss die Regie an sich: »Wenn Maja Barke in der Bar war, was war denn dann der Sinn für sie, dort zu sein, wenn sie doch kein Gast war? Dann war es doch wohl so, dass es ein Band gab von Maja Barke zu einem aus dem Haus. Und laut Malte und Simon Pirof waren sie das nich.«

»Und zu mir gibt es eben auch kein Band«, rief Frau Pirof stur.

»Also gut, dem sei, wie es sei. Dann mal zu dem Foto dort.« Fritz Meier wies zur Wand.

»Was soll denn das? Es geht doch um die Tote auf dem Klo, oder? Und nich um ein Foto an der Wand hier.« Doris mass den Cop mit dem Auge und war auf der Hut. Laura hub an: »Der Herr Pirof meint, dass das Foto von…«

»Ja, klar, all die sind meine«, gab Frau Pirof zu und wies in den Raum. »Und?«

»Herr Pirof gab uns die Info, dass das Foto von einem Trip auf Malta sei.«

»Wohl wahr.«

»Und wann war das?«, frug Fritz.

»Das war wohl Mai 2012.« Doris war ganz wach.

»Toll, das Foto – so eine lila Wolke am Meer gibt es nich wie Sand am Meer«, sann Fritz.

»Danke.«

»Und Maja Barke, war die Mai 2012 auch auf Malta?«

»Kein Plan! Das kann mir doch egal sein!«

»Nun, bei Maja Barke hing auch so ein Foto mit lila Wolke an der Wand. Laura, zeig es mal!«

Laura trat neben Frau Pirof: »Hier, bitte sehr!«

»Was? Wie geht denn das?« Man sah, wie Doris sich wand. Aber dann rief sie: »Ach so! Das Bild war in der GEO. Aus der wird sie es haben!«

»Haben Sie doch mal ein Auge auf die Form der Wolke«, bat Fritz.

»Ja, und?«

»Aber Frau Pirof, dass Sie das nich sehn«, rügte Fritz.

Malte Pirof kam und sah auch auf das Foto; dann rief er: »Oh! Auf dem von dir hat die lila Wolke eher die Form einer Axt und auf dem von der Maja Barke hat sie mehr die Form von einem Beil!«

Doris Pirof sah starr auf das Foto.

»Frau Barke war dann wohl auch zu der Zeit dort, als Sie da waren.«

»Wie kann das sein?«, brach es aus Malte. »Doris, sag doch was!«

Doch aus Frau Pirof kam kein Laut, und sie mied das Auge von Malte.

Fritz Meier stand auf. »Für den Rest geht es dann wohl zu uns, in die Laube.«

»Aus die Maus«, kam es keck von Georg – aber so wenig laut, dass es nur bei Laura ankam.

XIII

Man traf sich in Veras »Wurst und Tofu-Mekka«. Fritz, Laura und Georg waren gut in der Spur.

»Das tut nun aber gut«, rief Fritz, und roch mit Lust an einer Wurst vom Grill, in die er dann biss.

Vera kam zu den Cops, in der Hand einen Topf. »Hier, Frau Regat, haben wir den Reis mit Ente in Sugo, grade aus dem Ofen.«

»Oh, danke, Vera, aber sag doch ›du‹ zu uns! Bei uns bist doch auch die Vera!«

»Gerne!«

»Und, Georg, heut hat die Pita ganz gut Pepp, oder nich?«, riet Fritz.

»Oh ja«, gab Georg zu und sog die Luft ein.

»Mann, war das ein Dag!«

»Ohne dich, Georg, könnt man hier nun nich einen auf das Ende vom Lied heben«, sann Laura.

»Ja, das mit dem Foto war sehr gut von dir.« Fritz hob sein Bier: »auf dich, Georg.«

Georg, der Milch-Bub, ward ein wenig rot, sah aber sehr froh aus.

»Als man mit der Pirof zur Laube kam, war der ganze Plot ja gar nich klar, und auch nich, warum es grad Maja Barke traf.«

»Es war ja nich mal klar, dass der Start vom Plot vor so viel Zeit auf Malta lag.«

»Man sah, wie die Pirof litt, und als sie kein Land mehr sah, sang sie wie ein Pirol.«

»Pirol und Pirof – du bist gut. Haha!«

»Also bitte!«, rügte Laura. »Fühl dich doch mal ein klein wenig in die Frau rein, der ging es doch auch nich gut mit dem Tod von dem Mann und auch von Maja.«

»Wie? Zwei Dote – und du hast was für die über?«

»Aber der Tote auf Malta war doch kein Mord!«

»Das meint sie…«

»Oh«, rief Georg. »Seht mal, wer da grad sein Rad parkt!«

Neami Kötte warf eilig ein rotes Rad an die Wand und kam zur Tür. Kaum war sie in dem Raum, erhob sich Georg und holte einen Sitz zu sich »Hallo, Neami, setz dich doch.«

»Danke.« Neami sah zu Laura und Fritz. »Georg gab per SMS an, es sei nun klar, warum Maja starb?!«

»So, so«. Fritz zog eine Braue hoch, sah Georg dann aber milde an. »Na gut. – Doris Pirof, die Frau vom Wirt in der Bar Nena, übte die Dat aus. Sie gab es zu.«

»Was? Aber warum?«, Neami war baff.

»Maja Barke ging Frau Pirof um Geld an. Wenn sie kein Geld gebe, wende sie sich mit dem, was sie wisse, an uns Cops.«

»Maja und Frau Pirof? Waren die eng…?«

»Nein, das war es nich, Neami«, kam es von Laura. »Dass die Maja Barke mal au pair auf Malta war, das haben wir ja von dir. Und dort traf sie auf Doris Pirof. Die war da auf einem Trip, für einen Monat oder so. Ein Foto für die GEO, das war es, worum es für sie ging. Für sie war das Foto eine Art zu malen. Und da lief dann Maja Barke der Frau Pirof, wenn man so will, über den Weg.«

»Und denk doch«, stahl Georg Laura die Show: »auch Doris Pirof hat so ein Foto mit einer lila Wolke. Also waren die zwei dort, als man die lila Wolke sah. Und daher war uns klar, dass es ein Band gab von der Maja zur Pirof.«

»Aber worum ging es da?«, erbat sich Neami mehr Info. Nun war es an Fritz Meier: »Ja, das war uns auch nich klar, das haben wir ganz und gar von Frau Pirof. Kaum war sie auf Malta, traf sie einen Mann. Zu dem zog es sie hin. Er war aus Peru und sah wohl auch sehr gut aus. Es gab ein Date und bald lief da was. Das ging aber nur eine Zeit lang glatt. Als der Monat um war, malte sie dem Mann aus, dass sie als Paar in die BRD gehn. Für den Mann war das Ganze aber wohl nur eine Laune und am Ende mied er sie. Doch sie traf den Mann dann auf einem Riff, das sehr hoch war. Es gab böse und wilde Worte. Dann wurde er grob und sie gab dem Mann einen Hieb auf den Kopf. Er rang um Halt, ein Stein brach ab und der Mann flog vom Riff. Für Frau Pirof war klar: Der Mann war dot. Und sie floh in Angst.«

»Meine Güte«, rief Neami, »aber was hat Maja bei all dem für eine Rolle?«

»Maja Barke sah das Ganze wohl von weit weg.«

»Und dann?«

Laura sah Neami an: »Für Frau Pirof war das der ›last day‹ auf Malta. Sie flog und floh in die BRD, ohne ein Wort. Und für die Cops dort war es kein Mord. Man sah in dem Tod nur Pech auf dem Riff. So was kam dann und wann mal vor.«

»Und Maja? Ging die nich zu den Cops? Warum nich?«

»Na ja, das ging wohl mit Maja ins Grab…«, gab Fritz von sich.

»Dann sah sie zu der Zeit, als sie ohne Geld bei Kurt Reger war, Frau Pirof in der Stadt. Und es kam Maja wohl in den Sinn, die Pirof könne für sie ein paar Mille wert sein.«

»Sei nich so grob, Fritz!«, rügte Laura.

»Aber so war es doch!« rief Fritz. »Der Plan von Maja war es, Geld von Doris zu holen.«

Neami sah ganz müde aus. »Was, dass Maja so was…, nein. Das haut mich um. Gebt mir ein wenig Zeit…«

Sie erhob sich und man sah, wie sie auf eine Bank vor dem Wurst-und-Tofu-Mekka sank. Georg sah Fritz und Laura an.

»Na komm, Georg. Geh auch raus und gib Neami ein wenig Halt.«

»All das hat ein Ende, nur die Wurst hat zwei«, rief Fritz und ass mit Elan den Rest der Wurst auf.

Zeitfracht Medien GmbH
Ferdinand-Jühlke-Straße 7
99095 Erfurt, Deutschland
produktsicherheit@kolibri360.de